아무도 울지 않는 밤은 없다

창비시선 211

아무도 울지 않는 밤은 없다

초판 1쇄 발행 / 2001년 10월 10일
초판 22쇄 발행 / 2026년 3월 27일

지은이 / 이면우
펴낸이 / 염종선
편집 / 고형렬 염종선 박신규
펴낸곳 / (주)창비
등록 / 1986년 8월 5일 제85호
주소 / 10881 경기도 파주시 회동길 184
전화 / 031-955-3333
팩시밀리 / 영업 031-955-3399 편집 031-955-3400
홈페이지 / www.changbi.com
전자우편 / lit@changbi.com

ⓒ 이면우 2001
ISBN 978-89-364-2211-0 03810

아무도 울지 않는 밤은 없다

이면우 시집

창비

차 례

제1부

가을 저녁

퇴근길 버스정류장 가는 길
뒹구는 후박나무 잎새에 가만히 발 겹쳐보네
구두보다 길고 내 쪽배처럼 생긴 누런 잎
한 발로 딛고 남몰래 휘청거리네

그렇지, 물 위에 딛는 첫발은 늘 마음 먼저 출렁이지
그때 이맘때 이른 저녁 먹고 빈방에 불 켜두고
만삭인 아내 쪽배에 태워 노을 속으로 힘껏 저어 가
잠시 밝은 호수 가운데 두런두런 하노라면
물결이 쪽배를 오두막 가까이 되돌려주었지

그 쪽배 지금 호수 바닥에서 혼자 서늘하겠네
그때 우리 노 놓고 무릎 맞대 무슨 말 주고받았던가
하나도 기억 못하네 가을 저녁, 버스는 더디 오고
호수 쪽 하늘에 자꾸 눈길 빼앗기네

가뭄

멧비둘기 밤꿀 냄새 진동하는 숲 쪽으로 날아간다
두 갈퀴발 왕개구리 꽉 움켜잡고 날개 펄럭펄럭
가라앉다 솟구치다 안간힘 써 날아간다
감자밭머리 먼지 풀석대며 괭이질하던 사내
꽥꽥대는 왕개구리와 눈 딱 마주쳐
괜히 딴데 둘러볼 만큼 가까이 날아간다

멧비둘기 악착같이 가야 하는 저 숲 어디쯤
이제 막 껍질 깨고 나온 어린 새끼 두엇 있겠다.

거미

오솔길 가운데 낯선 거미줄
아침이슬 반짝하니 거기 있음을 알겠다
허리 굽혀 갔다, 되짚어오다 고추잠자리
망에 걸려 파닥이는 걸 보았다
작은 삶 하나, 거미줄로 숲 전체를 흔들고 있다
함께 흔들리며 거미는 자신의 때를 엿보고 있다
순간 땀 식은 등 아프도록 시리다.

그래, 내가 열아홉이라면 저 투명한 날개를
망에서 떼어내 바람 속으로 되돌릴 수 있겠지
적어도 스물아홉, 서른아홉이라면 짐짓
몸 전체로 망을 밀고 가도 좋을 게다
그러나 나는 지금 마흔아홉
홀로 망을 짜던 거미의 마음을 엿볼 나이
지금 흔들리는 건 가을 거미의 외로움임을 안다
캄캄한 뱃속, 들끓는 열망을 바로 지금, 부신 햇살 속에
저토록 살아 꿈틀대는 걸로 바꿔놓고자

밤을 지새운 거미, 필사의 그물짜기를 나는 안다
이제 곧 겨울이 잇대 올 것이다.

이윽고 파닥거림 뜸해지고
그쯤에서 거미는 궁리를 마쳤던가
슬슬 잠자리 가까이 다가가기 시작했다
나는 허리 굽혀, 거미줄 아래 오솔길 따라
채 해결 안된 사람의 일 속으로 걸어 들어갔다.

골짜기의 포장도로

생은 하나씩 왕국이다
모든 왕국의 아름다움을 나는 믿는다 언젠가
여름 풀숲 고슴도치 한껏 자신을 즐기는 걸 보았다
눈 맞추자 놈은 밤송이 되며 골짜기 아래로 굴러떨어
졌다
버스 정류장 가까이 장난기 서린 첫 만남 뒤
이슬과 애기똥풀, 칡덩굴 무성한 왕국의 주인을 잊지
않았다
그런데 안개 자욱한 구월 아침 무엇이 서둘러
떠나게 했던 것일까

등에 지거나 가슴 또는 망막에 여기를 담아
생은 때때로 더 먼 곳을 꿈꾸며 서늘한 난간에 선다
그때
놈은 일찍이 맞닥뜨린 적 없는 거대한 적과 마주쳤다
야트막한 경계석을 넘자마자 맨드라미처럼 짓이겨졌
다
촘촘한 가시로 무장된 빛나던 왕국은

싸움이 시작되자마자 깨져버렸다 그 순간
  전 생애의 가시를 꼿꼿이 세워 우주의 저 캄캄한 무
게를
  놈은 외롭게 견뎌내야 했던 거다

  구월 아침 골짜기 안개 속에선
  사람, 포장도로, 죽은 고슴도치도 축축이 숨쉰다
  고집처럼 여전히 날카로운 가시 끝으로
  무겁게 들어올려 작은 구덩이 속에 넣는다
  붉은빛 공포와 열망을 몇줌 풀잎으로 덮는다
  그때 가시를 타고 무언가 건너왔던가
  나는 갑자기 추워져 으스스 진저리쳤다
  검은 바퀴들 시속 백킬로미터로 질주하는 곳
  살아서 고슴도치 아름다웠던 골짜기를 일별하며

공중 정원

거기 등나무 그늘 지우며 저녁이 갔다
콩새떼 등나무 이파리 깔고 덮고 자러 왔다고
한참 조잘댔다 거기 등나무 아래 남은 이들 지우며
밤이 왔다 안 보여 벌레만큼 작아진 이들
등나무 줄기길 따라 올라가고 흰 대접달 밤새
말갛게 씻긴 밥풀떼기별 듬성한 하늘길 지나 아침은
아주 잠깐 세상을 반짝 금빛으로 물들였다

그 아래 내려앉을 만큼 자리 남았느냐고
그럼 지금 당장 뛰어내리겠다고
콩새떼 첫 노래를 시작한다

교신

동짓날 저녁 십오층 북쪽 베란다 캄캄한 데서 담뱃불
반짝

같은 동 삼층 북창 드르륵 열리고 조금 있다가 또 반짝

군청색 하늘 속 별들 한꺼번에 반짝반짝

구멍

숲 속에 마른 우물 있어 그 깊이 열자 남짓
대지로부터 한뼘 위태로이 솟아올랐다
눈 속에 발목 잠그고 서서
서늘한 전율에 흠칫 떤다.

숲과 골짜기를 배회하던 겨울 아침
잠시 멈춰 구멍을 들여다보았다
작은 돌 하나 무겁게 들어올려 그 바닥에 던진다
아주 오래 묻어둔 슬픔처럼 어둠은
돌을 받아들이며 깊이 울었다.

여름 무성한 숲과 골짜기는 구멍을
덩굴 아래 숨기고 짐짓 모른 체한다 그러나
지금은 겨울, 바닥까지 가닿는 통나무를
눈 속에서 찾아 밀어넣었다 아무리 외쳐 불러도
마을까지 가닿지 못할 여기, 끝내 혼자
되짚어 나와야 할 누군가를 떠올리며.

그래, 단 한번이면 족하다

단풍나무 잎새만한 아이 손 막 맺힌 오이에 갖다대고
오이, 오이, 힘줘 말해보는 아침
안개 젖은 파란 잎 새로 오이꽃 노랗고 가까이 호박벌
붕붕붕
스무 발자국 저쪽 오두막에서 안개를 건너오는 도도
도도
도마질 소리, 그때 산과 호수와 숲을 처음이듯 둘러보
며
오싹 소름 돋아 무심코 내뱉은 말

그래, 단 한번이면 족하다.

그 해 겨울은 따뜻했네

　배추 무 씨는 늦여름 꿈의 부피처럼 쬐그맣다 텃밭 풀
뽑고 괭이로 쪼슬러 두둑 세워 심었다 나는 가으내 돈
벌러 떠돌고 아내 혼자 거름 주고 벌레 잡아 힘껏 키워
냈던가 김장독 삿갓 씌우고 움 파 무 거꾸로 세워 묻고
시래기 엮어 추녀 끝에 내걸으니 문득 앞산 희끗한　아
침, 대접 속 무청이 새파랗다 배추김치 새빨갛다 그 아
리고 서늘함 무슨 천년 묵은 밀지이듯 곰곰 씹어보다 눈
두덩이 공연히 따듯해지다 햇살 동쪽 창호에 붉은 날

기러기

저 새들은 어디서 오느냐고 아이가 물었다
세상 저 끝에서 온다고 말해주었다.

저렇게 떼지어 어디 가는 거냐고 또 물었다
세상 저 끝으로 간다고 말해주었다.

그럼 어디가 세상 끝이냐고, 이번엔 정색하고 올려다
본다
  잠깐 궁리 끝, 기러기 내려앉는 곳이겠지, 하고 둘러
댔다.

  호숫가 외딴 오두막 가까이 키보다 높은 갈대들
  손 저어 쉬어 가라고 기러기 부르는 곳
  저녁 막 먹고 나란히 서서 고개 젖혀 하늘 보며
  밭고랑에 오줌발 쏘던 깊은 겨울.

기찻길 옆 오막살이

언덕 아래 저 외딴집
담장도 대문도 없이, 붉은 마당가
옥수수 일렬횡대로 보초 세워둔 집
낮은 굴뚝에 지금 흰 연기 모락모락 오른다
모퉁이 도는 기적 한번에
참, 저기 누구 살던가 일찍 혼자된 여자
꼬부랑꼬부랑 여태 살던가 서울 간 아들
돈 많이 벌어 돌아왔던가 눈 깜박 새
안 보이는 집, 기찻길 옆 오막살이.

꿈에 크게 취함

술 끊고 한 열 달 지나 꿈속에서 술 마시고
아이고 십년계획 도로아미타불이라고 엉엉 울다 깼다
깨어 꿈인 걸 알고 기뻐서 방바닥을 쳤다.

술 끊은 지 이제 십년이 지났다 남들이 독하다고
그래 한번도 흔들리지 않았다고 말하지만
그동안 여러 차례 꿈에 크게 취했다 꿈속에서
이건 꿈이니 기왕에 마시려면 잔뜩이라고
왕사발로 거푸 들이켜던 애달픈 밤이 여럿 지나갔다.

나무 베기

종산 낙엽송 처음 벨 때
가슴 급히 뛰고 톱 잡은 손 덜덜 떨렸다
대지 깊숙이 뿌리 박은 나무 나이 삼십년
신전 기둥처럼 그 키 우뚝 솟았다 오층 높이
숲을 꽉 채운 신비한 힘이 첫 톱질을 더디게 한다
사실 껍질은 톱날을 받자 붉은 피처럼 바닥에 흩어
졌다.

마른나무 톱질은 상쾌하기도 한 것이다
이건 나무야 단순히 나무일 뿐이라구, 다짐해도
먼저 넘어뜨려야 할 건 두려움
그리고 나무들 하늘 떠받든 숲에서 나는 혼자
버섯막 선반 맬 쭉 뻗은 나무가 절박한 사내, 끝내
강철 섬광은 눈을, 마음을 찌르며 나무의 살 속으로
파고들고
거대한 정적과의 길고 격렬한 몸싸움이 시작된다.

이윽고 나무는 다른 나무들 사이로 쿵 나가떨어졌다

바로 그 자리, 최초의 강렬한 송진 냄새 흩어지고
흰 단면 공기와 접촉하며 나이테 갈색 뚜렷해질 때
으깨진 풀숲과 여전히 대지에 뿌리 박은 둥치 주변에는
쓸쓸함이 긴 휘파람 끝처럼 떠돈다 그렇게
숲 바닥에 나둥그러진 건 마음이 먼저였던 것이다
그리고 처음이듯 날카로운 새 울음을 들었다.

마지막 세 그루째는 물도 한모금씩 마셔가며
 산 너머 호숫가 버섯막까지 운반할 궁리도 톱질과 함
께 하며
 산림감시원이 나타날지도 모를 숲 저쪽
 인적 끊긴 길을 쏘아보기도 했다.

나의 여름

또 무궁화 피었다 큰길가에 흰꽃, 분홍꽃
나는 다시 꺼내 입은 남방과 무궁화 빛깔이 퇴색한 게
함께 마음에 걸리지만

버스를 내려서는 순간 꽃을 보고 아, 여름이구나 했다
걸어 한시간쯤 가는 곳에 나의 여름은
한적한 냇물과 자꾸 물길 바꾸는 장난기도 숨기고 있
어 맨발로
모래밭 낙타처럼 건너가면 현기증 아른대는 저 멀리,
갈대와
이름 모를 둔치 식물 우거진 그 너머

어제의 세찬 소나기가 어디쯤
새 모래톱과 내가 거기 잠수했을 때 내릴지도 모를
오늘의 소나기를 물 속에서 거꾸로 올려볼 수 있도록
깊은 웅덩이를 만들었을까, 가슴 설레는 여름이 왔다

혹 소나기가 안되면 물 속에서 꾹 참고

뭉게구름 쳐다보기도 좋다고, 그리고 남방은 몸과
  아주 친숙하고 무궁화는 아침이면 연달아 새로 피어
난다는 것
  기억해내며 휘파람이라도 불고 싶어졌다

노천시장

나무 되고 싶은 날은
저녁 숲처럼 술렁이는 노천시장 간다
거기 나무 되어 서성대는 이들 많다
팔 길게 가지 뻗어 좌판 할머니 귤탑 쓰러뜨리고
젊은 아저씨 얼음 풀린 동태도 꿰어 올리는
노천시장에선 구겨진 천원권도 한몫이다 그리고
사람이 내민 손 다른 사람이 잡아주는 곳
깎아라, 말아라, 에이 덤이다
생을 서로 팽팽히 당겨주는 일은, 저녁 숲
바람에 언뜻 포개지는 나무 그림자 닮았다
새들이 입에서 튀어나와 지저귀고 포르르릉 날다가
장바구니에, 검정 비닐봉지에 깃들면
가지 끝에 매달고 총총 돌아오는 길
사람의 그림자, 나무처럼 길다.

대전

나는 대전서 낳고, 자라서 여러번 밤차 타고 도망쳐봤
으나

종내 대전서 밥 벌고 혼인하고 아이 키우며 가끔 새벽
차에 막 돌아온 낯선 얼굴로 가로에 서면

큰길 뒤 잊혀진 골목 보이고 거기 묵은 이발소나 사진
관, 목욕탕이 그대로 있으면 마음 환하고 애처롭고 쓸쓸
한 어느새 쉰

내가 등짐 져 지은 무수한 집들 헐리고 다시 새집 들
어서도록 나는 여기서 꼼짝없이 낡아가며 새로워지는
중이다.

동물왕국 중독증

TV 모니터 속에서 사자가 사슴을 먹고 있다
바로 직전까지 도망치는 사슴을 사자가 쫓아다녔다
나는 사슴이 사자 속으로 벌겋게 들어가는 걸 본다
아니 저런, 꼭 제집 대문 들어가듯 하네 입이 문이면
송곳니는 어서 들어가자고 등 떠미는 다정한 손
아니지 지금 사슴이 사자로 변하는 중이잖아
서로 꽉 붙들렸으니 영락없는 한몸뚱어리지
그렇게 한 순간 죽음이 꼭 나쁜 것만은 아닐지도
모른다는 돌연한 느낌에 사로잡혔다 핏빛

하늘 아래 사반나의 황혼 장엄하다
어린 사슴 따듯한 사자 뱃속에 들어간 황혼을 탁 끄고
냉장고 열어 내용물 환히 비치는 유리 그릇들
어둑한 식탁 위에 늘어놓다가 그 차가움에 감전되듯
사슴이 사자에게 잡아먹힌 저녁의 정체를 비로소
등줄기로 부르르 떨었다.

두더지

비 갠 아침 밭두둑 올려붙이는 바로 그 앞에
두더지 저도 팟팟팟 밭고랑 세우며 땅 속을 간다
꼭 꼬마 트랙터가 땅 속 마을을 질주하는 듯하다
야, 이게 약이 된다는데 하며 삽날 치켜들다 금방 내
렸다
땅 아래 살아 있다는 게 저처럼 분명하고 또
앞뒷발 팔랑개비처럼 놀려 제 앞길 뚫어나가는 열정
에
문득 유쾌해졌던 거다 그리고 언젠가 깜깜한 데서 내
손 툭 치며
요놈의 두더지 가만 못 있어 하던 아내 말이 귓전을
치고 와
앞산 울리도록 한번 웃어젖혔다.

제2부

말

방바닥에 귀 대고 엿듣는 밤
말발굽 따각따각 가슴 밟고 지나가는 냇둑가에 살았
다

모래톱에 긴 꼬리
툭툭 파리 날리며 풀 뜯던 갈색 조랑말을 기억한다
언덕배기서 무릎 꿇어 이제 영영 쉬게 됐다고
도축업자가 벌써 다녀갔다고, 수근거림 냇물 따라 흘
러갔다

무릎 아프다는 말, 일터에서
입 밖에 내지 않고 견뎠다 어떻게 그 저녁을 쉽게 잊
겠는가
갈색말, 검정말 되면 바로 거기 부드러운 풀밭에 뉘
어져
내장 한끝만 맑은 물 속에 떨구고 조각조각 팔려나갈
거였다

여기서 길 잃으면
안개 저쪽에서 누가 운다고 자꾸 뒤척이던 밤이다
방울소리도 없이 갈색 조랑말 따각따각 걸어나왔다
호박처럼 붉은 눈이 이쪽을 오래 지켜본다 그때
나는 머리를 한대 꽝 맞았다 달구지 가득 짐 실은 말이
온몸에 지렁이 불거진 조랑말이 저토록
밝은 불을 몸 속에 켜두었다니

저만큼 앞서가는 불빛 따라
주먹 불끈 쥐고 일어선 날들 계속 흘러갔다

매미들

사람들이 울지 않으니까
분하고 억울해도 문 닫고 에어컨 켜놓고 TV 보며
울어도 소리없이 우니까

요렇게 우는 거라고
목숨이 울 때는 한데 모여
숨 끊어질락 말락 질펀히 울어젖히는 거라고

옛날옛적 초상집 마당처럼 가로등 환한 벚나무에 매
달려
　여름치 일력 한꺼번에 찌익, 찍, 찢어내듯 매미들 울
었다
　낮 밤 새벽 가리잖고 틈만 나면

무서운 버드나무

이른 봄 버드나무, 참새떼 들이마셨다가 뱉어낸다
회초리 가지 산들바람에 낭창낭창대다
해바라기씨 기총소사하듯 다다다다 뱉어낸다
아니다, 버드나무는 참새떼 한번 빨아들일 때마다 꼭
한마리씩 삼키는 거다 옛 이야기 속 냇둑 산발한 여자
술 취한 남자 홀랑 벗겨 냇물에 떠내려보낸다는
무서운 버드나무, 참새떼 들이마셨다가
휘이익 뱉어낸다 아무도 모르게
봄날이 간다.

목련 유감

목련꽃 피면 겨울 하나 또 갔다,가 아니라
남자가 일할 수 없다면 목련꽃 펴도 봄은 온 게 아니
라는 거다
세상은 꽃과 일이 함께 있어 비로소 아름다워지는 법
만주벌판을 떠돌다 TV에 불쑥 나타난 북한 소년의 말
재간 하나 익혀 돈 많이 벌어 오마니랑 동생한테 가갔
시오, 그때
목련 꽃봉오리인 채 오래 가지에 매달리던 그 마당이
생각났다
솜털 뽀얀 아기 주먹들, 팽팽한 하늘북 자꾸 쳐대더니
끝내
흰빛 서늘히 터져나왔다 나는 향타기 연속 타음 아련
한 공사장을
부지런히 쫓아다녔다 다시 북한 소년의 말
난 배부르면 오마니랑 동생 생각에 운다 말입네다, 추
억은
진공펌프처럼 생이 지나간 자리에 항타 폭발운, 목련
꽃, 송이구름을

빨아당기고 길고 막막한 내 겨울 하나 또 갔다 이른 아침

뒹구는 꽃잎 밟고 남의 대문이지만 힘차게 열어젖히고 안녕하세요

인사 몇번에 목련은 어느새 무성한 그늘을 땅에 뿌렸다 그러나

북쪽 앙상한 가지들 늦도록 흉년 삼동 못 넘긴 아기주먹

꽃봉오리 매달고 있던 것 잊지 못한다 그 해 목련꽃 피기 전

전조처럼 비 내리던 새벽 누가 찾아왔다 비바람 속에서

젖은 꽃봉오리 수줍게 북쪽 유리창 톡톡 두드렸다

창문 열고 손 내밀어 그걸 만지던 첫 감촉, 아직도 서늘하다.

물에 잠긴 스와니강

내 쪽배는 초등학교 운동장 삼십 미터 상공을 지난다
그날의 풍금소리는 배 지나간 자리 물결무늬로 올라
온다
스와니강, 아름다운 남자 포스터는 강마을 초등학교
여름방학 때 몰래 다녀갔다 나는 빈 운동장가에서
열린 창으로, 붉은 커튼 사이로 흘러나오는
선율 따라 산 넘고 강 건너
한없이 갔다.

생을 축음기에 얹어 되돌린다면
바늘이 가볍게 긁어내는 슬픔이 강처럼 흘러올 것이다.

미인

나이 마흔 넘어 여자 눈 속을 정면으로 보게 되었다
비껴 선 건 아니나 무언가 쑥스러움 먼저 내달아와 멀리
산이나 나무를 함께 보고서야 담담해지던 거다.

한때는 선, 색, 몸집이 먼저 눈 속에 들어오더니 호숫
가에 살며 만나는 이의 목소리, 미소가 깊이 와닿는다
이건 외로워진 탓일 게다 속짐작으로 덮고도 여인의 따
듯함 오래 남았다.

또 하나, 밤낮없이 북대길 때 아내 얼굴 아슴푸레하더
니 각방 쓰기 잦아지며 선연히 떠오른다 그래, 너로 하
여 세상이 오래 뜨거웠구나 돌멩이마저 구르게 하는 힘
이여

이 세상의 모든 여자들은 죄다 미인이다, 이 한구절을
쓰는 데 나는 꼬박 사십년이 더 걸렸다.

붉은 고구마

세 해쯤 묵은 밭 빌리고 암소와 쟁기도 빌려
시뻘겋게 갈아엎고 두둑 두툼하니 올려붙인 뒤
듬성듬성 고구마순 꽂은 그 여름내 해 쨍쨍
소나기 삼형제 자주 지나가며 무지개 이따금
호수에 하늘문 세우더니 거기 기러기 내려앉기 전
붉은 두둑 헐어 열댓 발자국마다
울퉁불퉁 고구마 한가마씩, 나는 허리 펴며
푸른 하늘에 흰구름에 대고 크게 외쳤다
고맙습니다

찐 고구마 한입 뚝 베어 물면
삶은 눈두덩이 따듯해질 만큼 곰곰 달다.

밤 벚꽃

젊은 남녀 나란히 앉은 저 벤치, 밤 벚꽃 떨어진다
떨어지는 일에 취한 듯 닥치는 대로 때리며 떨어진다
가로등 아래 얼굴 희고 입술 붉은 지금
천년을 기다려 오소소 소름 돋는 바로 지금
몸을 때리고 마음을 때려, 문득 진저리치며 어깨를 끌
어안도록
천년을 건너온 매질처럼 소리 안 나게 밤 벚꽃 떨어진
다.

밥 푸는 여자

여자 외팔이 이사 오자 동네 사람들
어떻게 팔 하나로 밥 푸고 신랑 보듬냐며 킥킥댔다.

그 집 부엌 낮은 쪽창에 까만 눈동자들 달라붙었다
그 여자, 반질반질한 부뚜막에 주발 두 개 놓고
맑은 물 한그릇 곁에 놓고 솥뚜껑 열어 뿌연 김 속에서
언제 움켜쥔지도 모를 주걱으로 척척 밥 퍼 담았다
신랑 주발은 손바닥에 번개같이 물 적셔
초가지붕으로 올려붙였다.

작은 소반에 반찬종지 밥주발 올려놓으면
샘터 쪽 쪽문 열고 말없이 들어선 얼굴 흰 남자
가볍게 들어올려 방으로 갔다 외팔이 여자
부엌등 탁 끄고 따라 들어갔다.

버스 잠깐 신호등에 걸리다

큼직한 손바닥에 상추 펼치고 깻잎 겹쳐 그 위에 잘 익은 살코기 얹고 마늘 된장 쌈 싸 한입 가득 우물대는 사내 보는 일 그것 참 흐뭇하오 맑은 술 한잔 약봉지 털 듯 톡 털어넣고 마주 앉은 이에게 잔 건네며 껄껄대는 사내 보는 일 역시 흐뭇하오 그 곁에 젊은 여자, 호 불어 넣어준 제 아이 오물대는 입을 그윽한 눈빛으로 지켜보고 있었소.

유리벽 이쪽에서 나도 저리 해보리라 마음먹은 저녁은
신호등 떨어진 네거리처럼 무수히 흘러갔소.

버즘나무 길

이십년 전 이 길 갈 때 어린 가로수들
늦가을 누런 잎 매달고 내 마음속에 들어왔다
개활지엔 덤프트럭 먼지구름 피워올리며 오가고
자주 빈약한 가로수 뒤로 숨어야 했다 삶은 늘 그랬다
먼지 걷히길 기다려 다시 길 위에 서나
어디에도 정처는 없다 그땐 아직 몰랐다
두려움이 한 생을 벌레처럼 파먹어버리리라는 것
그때 그 길 버스에 실려 지금은 흔들리는 출근길
이층 꼭대기만큼 커진 가로수 그늘을 지날 때
플라타너스라고 알던 가로수가 버즘나무라는 명패
달고
어디론가 떠날 준비 끝낸 걸 본다 그래
이십년 전에도 나무들은 뿌리째 뽑혀 이곳에 왔다
나도 그랬다 나무들 잔뿌리로 흙 속에 새길 내듯
떠돌며 견디고 조금씩 움직여 여기까지 흘러온 것이다
누구라도 길 위에 오래 머물 순 없는 법, 또다시
버즘나무는 뿌리째 뽑혀 떠나야 하고 나는
도로 확장 라인상의 구직명패 같은 표지

가슴에 매달고 도열한 가로수 그늘을 빠져나오며
갑자기 환해지던 것이다 그렇다 나 또한
버즘나무 길 위를 구르는 돌처럼 때 되면 떠나리라
늘 그랬듯 쓸쓸히, 그러나 가슴 저 깊은 곳
알 수 없음에 두근대며.

봄밤

늦은 밤 아이가 현관 자물통을 거듭 확인한다
가져갈 게 없으니 우리집엔 도둑이 오지 않는다고 말
해주자
아이 눈 동그래지며, 엄마가 계시잖아요 한다
그래 그렇구나, 하는 데까지 삼 초쯤 뒤 아이 엄마를
보니
얼굴에 붉은 꽃, 소리없이 지나가는 중이다.

부전자전

일찍이 성욕 때문에 참 고생 많이 했다 시도 때도 없이 쳐들고 올라와 바지 주머니에 손 넣고 꼬집어 죽여줘야 했다

나이 쉰 되며 비로소 피가 맑아졌다 속으로 휴우, 한숨 쉬며 안도한다 이젠 여자를 무심히 볼 수 있게 된 거다 그런데

열두살 된 아이, 제 고추가 너무 자주 빳빳해져 고민이라며 심각한 표정을 짓던 밤, 나는 꼼짝없이 한방 꽝 맞아버렸다

아내는 십년농사 헛농사라며 방바닥을 친다 신부님 되라고, 눈 비 뚫고 업고 걸려 읍내 성당에 다녔는데 그래서야 어떻게 그 먼 길 가겠느냐며

그러더니 어느새 깔깔대며 부전자전, 하고 외치는 것이다.

비 젖은 숲에서 돌아와

비옷 입고 십리쯤 걸어 아랫도리가 축축해졌다 끝내
저 혼자 호수 속으로 들어가는 길 되짚어
산 위에서 집을 내려다본다 비 젖은 지붕을
갈참나무 붉은 잎 사이로 내려다본다 저기
사람이 산다 함께 웃고 수저 달그락대며 밥 먹는
사람들이 산다 그러나 조금 전 나는
가족의 온기로 꽉 찬 작은 방을 못 견뎌 했다
그래 숲의 새들이 궁금해진 고양이처럼
혼자 비 젖은 숲 속으로 들어섰다 이제 돌아와
젖은 발가락 꼼지락대며, 환하게 웃는 얼굴과
따듯한 방이 간절하지만 선뜻 오솔길을 내려갈 수 없다
굴 가까이 온 털 젖은 짐승처럼 부르르 몸 털고
숲과 길을 몇번이고 쏘아보았다.

빵집

빵집은 쉽게 빵과 집으로 나뉠 수 있다
큰 길가 유리창에 두 뼘 도화지 붙고 거기 초록 크레
파스로
아저씨 아줌마 형 누나님
우리집 빵 사가세요
아빠 엄마 웃게요, 라고 쓰여진 걸
붉은 신호등에 멈춰 선 버스 속에서 읽었다 그래서
그 빵집에 달콤하고 부드러운 빵과
집 걱정 하는 아이가 함께 있는 걸 알았다

나는 자세를 반듯이 고쳐 앉았다
못 만나봤지만, 삐뚤삐뚤하지만
마음으로 꾹꾹 눌러 쓴 아이를 떠올리며

뿔

몇몇 타고 더 많은 이들 남겨진 눈 속 버스 정류장
낡은 짐짝처럼 귀퉁이에 잊혀졌던 그 노파
하늘 땅 새 폭설 속 혼자 걸어나갔다
이 아침 무엇이 그녀를 눈발 헤치며 시내로 가게 하
는지
남은 이들 서성대며 눈길 주다 눈보라에 녹아들고
먼저 떠난 버스, 고갯길에서 부르르릉 자꾸 미끄러진다
이윽고 그 노파 멈춰 선 버스 앞질러 올라갈 때
굽은 등에 뿔 하나 솟아 끄덕끄덕댄다
초만원 버스에 갇힌 한 남자, 불쑥
장갑 낀 손 유리창 문질러 선명해진 세상 속
그녀 등허리에 솟아 걸음 따라 흔들리는 그건
마른 미역 몇 오라기였다.

서쪽 바다

해 지는 바다에 가닿았지요
세상에 무엇이 큰 건지 입 꽉 다물고 봤지요
젖은 모래밭 이쪽에 불 붙은 유리창, 수리중인 작은 배
또 깡총대는 아이들과 아리아리한 여자들
앞에 두고 눈 한번 글썽거리잖고 붉은 해
저 혼자 바다 속으로 가라앉더라구요

지는 해 따라 숨가쁘게 달려갔지요 거기
세상에서 제일 큰 붉은 마침표
아무렇지도 않게 품어버리는 서쪽 바다 처음 보며
일천 와트 플럭에 등 꽂혀 덜덜덜 오래 그냥 떨었지요

생의 북쪽

일구구팔년 일월 팔일 경유보일러 끄다 중국산 무쇠
난로 거실에 놓고 가족들 거기 함께 잠자리 펴다 혼자
잠들기, 아직은 두렵던가 열살 사내애 자주 탄성을 내지
르다 잠들기 기다려 이력서 펜으로 쓰고, 고쳐 쓰고 이
른 아침 시내로 가 세 군데 봉투 놓고 허리 깊이 숙여
절했다 다시 눈 쌓인 가로에서 여기저기 부탁 전화, 한
곳 방문하고 느지막이 돌아와 임간도로 주변, 포크레인
에 뿌리째 뽑혀 한껏 가벼워진 나무들 한뼘씩 톱질, 배
낭 가득 담아 하낫, 두울, 점등하는 마을 향해 산을 내
려왔다 타닥, 타다닥, 갈참나무 샛노란 불길 위에 캐나
다산 괴탄 한삽 덮으면 마음도 따라 어둑해지다 난로 속
처럼 천천히 붉어졌다 여러 날째 등 대고 자는 중인 여
편네보다 먼저 눈뜨는 깊은 밤, 화격자 숨죽여 흔들면
불꽃은 식은 재 떨고 말짱히 되살아나기도 했다 그렇다
이스탄불, 베이징, 신의주, 상 파울로에도 잠 못 이루는
사내들이 있어 꺼진 불씨를 되살려내려 애쓰는 중일 거
다 어둠 속에서 잠든 가족의 얼굴을 오래오래 응시할 거
다 그렇다, 나는 지금 세상의 북쪽이 아니라 생의 북쪽

에 대해 말하는 중이다 누구라도 자기 안에 북쪽을 지니
고 간다 좀 더디지만 북쪽에 쌓인 눈도 때 되면 녹고 꽃
은 한꺼번에 붉고 푸른 빛을 몰아 터뜨리기도 했다.

제3부

소쩍새 울다

저 새는 어제의 인연을 못 잊어 우는 거다
아니다, 새들은 새 만남을 위해 운다
우리 이렇게 살다가, 누구 하나 먼저 가면 잊자고
서둘러 잊고 새로 시작해야 한다고, 아니다 아니다
중년 내외 두런두런 속말 주고 받던 호숫가 외딴 오
두막
조팝나무 흰 등 넌지시 조선문 창호지 밝히던 밤
잊는다 소쩍 못 잊는다 소소쩍 문풍지 떨던 밤.

손공구

열일곱, 처음 손공구를 들어쥐었다 차고 묵직하고 세상처럼 낯설었다 스물일곱, 서른일곱, 속맘으로 수없이 내팽개치며 따뜻한 밥을 찾아 손공구와 함께 떠돌았다 나는…… 천품은 못되었다 삶과 일이 모두 서툴렀다 그렇다 그렇다 삶과 일과 그리고 유희가 한몸뚱이의 다른 이름이었음을 나는 머리칼이 잔뜩 센 나이 마흔일곱에야 겨우 짐작했던 것이다 그렇게 아주 오래 움켜쥐고 있으면 쇠도 손바닥처럼 따스해지고야 마는 듯

초등학교 이학년 아이에게 공구세트를 선물했다 지퍼를 당기는 손이 가볍게 떨고 바로 그때 아이의 탄성처럼 은백의 광채가 그곳에 떠도는 것을 나는 처음이듯 보았다.

술병 빗돌

그 주정뱅이 간경화로 죽었다 살아 다 마셔버렸으니
남은 건 고만고만한 아이 셋, 시립공동묘지 비탈에 끌어
묻고 돌아 나오는데 코흘쩍이 여섯살 사내애가 붉은 무
덤 발치에 소주병을 묻는다 그것도 거꾸로 세워 묻는다

그거 왜 묻느냐니까 울어 퉁퉁 분 누나들 사이에서
뽀송한 눈으로 빤히 올려다보며 말했다
나중에 안 잊어버릴라구요

십년 뒤에도 호수에 가을비

가을비 소소한 수면 위로 쪽배 밀고 나가며
산중턱 단풍을 보네 거기 굽은 길 따라
자동차 단풍에 취해 숨었다 나왔다 하네
여기서 차 보이니 거기서도 쪽배 보일 터
물길과 찻길로 나뉜 삶이 단풍과 가을비에 함께 젖네
지금 저 자동차, 단풍길 차마 못 빠져나가겠는가 가다
서다
나는 노 놓고 물살에 배 맡긴 채, 붉은빛 번진
호수에서 십년이 눈 깜짝 새 지나갔다고
섬뜩 무언가 베고 지나가는 아픔을
가슴 위로 만져보네.

쓸쓸한 길

왕벚나무 아래 젊은 남녀 공부하러 오가는 길
나는 손공구 쥐고 일 다녔다 먼저
흰 피 같은 꽃 피고 살점 뚝뚝 패이듯 꽃 진다 그 위로
자동차 달리면 꽃잎들 솟구쳐 되풀이되는 생
음미하듯 천천히 떨어져내렸다 알 수 없는 힘이
세상은 참 아름답다고 혼자 중얼대게 하는 봄
바람 불던 밤, 꽃잎들 한꺼번에 곤두박질치던 길
다투는 기척 중에 여자 목소리 날카롭게
그래 니가 내 인생에 뭐 하나 해준 거 있어, 하고 울
린다
순간 휘청하고 벚꽃 흰빛 쓸쓸해지며 가지에
간절히 매달아둔 쉰살 봄 일시에 다 떨어져내려버렸
다
나는 산 너머 집 쪽 밤하늘에 대고 말했다 미안해, 미
안해
그리고 보일러 스위치 넣고 삼십분 뒤 책 겉장 갈아댄
박용래시전집을 펼쳤다.

아무도 울지 않는 밤은 없다

　깊은 밤 남자 우는 소리를 들었다 현관, 복도, 계단에 서서 에이 울음소리 아니잖아 그렇게 가다 서다 놀이터까지 갔다 거기, 한 사내 모래바닥에 머리 처박고 엄니, 엄니, 가로등 없는 데서 제 속에 성냥불 켜대듯 깜박깜박 운다 한참 묵묵히 섰다 돌아와 뒤척대다 잠들었다.

　아침 상머리 아이도 엄마도 웬 울음소리냐는 거다 말꺼낸 나마저 문득 그게 그럼 꿈이었나 했다 그러나 손 내밀까 말까 망설이며 끝내 깍지 못 푼 팔뚝에 오소소 돋던 소름 안 지워져 아침길에 슬쩍 보니 바로 거기, 한 사내 머리로 땅을 뚫고 나가려던 흔적, 동그마니 패었다.

어떤 갠 날

운전기사 뒷머리 면도자국 파르스름하다
그는 파란불 켜진 건널목 세 개를 연달아 통과했다.

생의 어떤 날은 구름 한점 없는 하늘 펼쳐지기도 한다, 고
나는 말할 수 있는 나이다 그러나 휴일 외곽도로에서
텅 빈 버스의 굉장한 속도에 잠시 어리둥절해졌다
공기 가득 음악 품은 듯 서늘히 저항하는 오전
지금 이 행운은 나를 위한 것이 아님을 그러나
아주 잠깐 새 깨닫도록 된 나이인 것이다.

그렇다 핸들 쥔 저 장갑의 시리도록 흰빛은 이윽고
땅에 떨어진 목련꽃잎처럼 누렇게 바랠 것이다
그러나 지금 하늘의 보상처럼 햇빛 공기 속도가
핏속에 녹아드는 중인 청년에게 나는 소리없이
띄엄띄엄, 생각나는 대로 말을 건넨다.

행운을 꽉 움켜쥐려 하지 말고

가볍게, 계속 끌고 가라고
바로 지금처럼.

어젯밤 아무 일 없었다

물탱크 점검차 올라간 옥상 난간 아래 꽁초 소복하다
간밤 누군가 여기 서서 한갑 담배 다 피워낸 거다
나는 그이가 무슨 마음을 짓고 허물며
연기를 들이켜고 뱉었는진 몰라도 바로 여기 서서
십오층 난간 저쪽 거대한 도시
불빛을 아주 오래 지켜보았던 것은 안다 그리고
끝내 주먹 불끈 쥐고, 입 꽉 다물고, 엘리베이터 타고
땅으로 내려갔을 것이다.

옥상으로 통하는 문 잠그는 일
그날 저녁부터 새로 늘어났다.

여름은 끝났다

대청호 본댐과 보조댐 새 조정지엔 다슬기 무진장이라
그걸 숙주로 하는 반딧불이 함께 무진장
구월초 는개 오시는 밤
대전 동남쪽과 꼬불꼬불 이어진 골짜기 포장도로 따라
캄캄한 길 혼자 걸어 올라가노라면 반딧불이
수십백천만 반딧불이 골짜기 가득 메워
마지막 혼례여행을 준비중일 겁니다 그걸 깨닫기까지
당신은 한참 혼란스러워야 합니다 세상이
밤이, 삶이 이토록 아름답던가

그걸 처음 본 길 위에서
나는 엉엉 울어버렸다.

여름 도시

아스팔트에 듬성듬성 소나기 고였다
흰 구름 발목 적시며 건너는 곳, 거기
혼례비행중의 잠자리 한쌍 하늘에서 내려왔다
팔월이다

그늘 속에서 나는 본다 잠자리 꽁지 처음 물 찍을 때
　하마터면 소리지를 뻔했다 세 시간 후 바짝 마를 그
곳에
　알을 낳는 무모함, 그러나 이내 사람의 일 또한
　도로 아닌 일 흔치 않음 떠올리고 평온해진다 잠자리
라고
　도시에서 어떻게 자연스러워지겠는가

그러다가 갑자기 몸이 뜨거워졌다 아니다
서늘해졌다 저 잠자리들 여기서 알 낳지 않는다면
무얼 하겠는가 물 있는 곳에 알 낳는 일 말고
혼례비행중인 잠자리 달리 무얼 하겠는가 그리고 다
시

소나기 퍼붓고 알들은 물길 따라 가다 거기 어디쯤 수
초에 붙어
　자신의 문을 열고 나설 수도 있으리라 잠자리는 몸
으로
　그걸 알고 있었다

　나는 지붕 밖으로 나와 다시 일하러 갔다

오늘, 쉰이 되었다

서른 전, 꼭 되짚어보겠다고 붉은 줄만 긋고 영영 덮어버린 책들에게 사죄한다 겉 핥고 아는 체했던 모든 책의 저자에게 사죄한다

마흔 전, 무슨 일로 다투다 속맘으론 낼, 모레쯤 화해해야지 작정하고 부러 큰 소리로 옳다고 우기던 일 아프다 세상에 풀지 못한 응어리가 아프다

쉰 전, 늦게 둔 아이를 내가 키운다고 믿었다 돌이켜보면, 그 어린 게 날 부축하며 온 길이다 아이가 이 구절을 마음으로 읽을 때쯤이면 난 눈썹 끝 물방울 같은 게 되어 있을 게다

오늘 아침, 쉰이 되었다, 라고 두 번 소리내어 말해보았다
서늘한 방에 앉았다가 무릎 한번 탁 치고 빙긋이 혼자 웃었다
이제부턴 사람을 만나면 좀 무리를 해서라도

따끈한 국밥 한그릇씩 꼭 대접해야겠다고, 그리고
쓸쓸한 가운데 즐거움이 가느다란 연기처럼 솟아났다

왕벚나무 숲에서 자전거 타다

해 뜨기 직전 왕벚나무 둥치 캄캄할 때
페달 굴러 터널 같은 숲 빠져나간다
팔월 새벽길 위엔 나와 정적뿐이다
핸들 꺾어 다시 왕벚나무 숲에 들어서니 천만에
세상 울 것들 거기 다 모여 울고 있다
나는 빽빽한 공기를 안간힘으로 밀고 나선 듯
깊은 숨 내쉬며 뒤돌아 숲을 본다
하나씩 이름 못 짚을 것들 한꺼번에 울음 뚝 그친
숲을 감싸고 도는 건 거대한 침묵이다
내가 삶을 가장 사랑한다고 믿는 이 시간
이제 막 햇살 비치기 시작한 길, 자전거 위에서
정적 혹은 들끓음이던 생 짧게 추억한다 나도 한때는
저 부러진 가지처럼 천지간에 비명 내지르며 아팠다
아니, 숲 속 정적의 일부였다 그 모두를 지나
팔월 새벽길 위에 혼자 있다 그렇다면
지금 맹렬히 내 밖에서 울어주는 이것들은 무언가
언젠가 몸 밖의 아픔을 나도 함께 울었던가
정말 그랬던가, 지금 하늘 땅 새를 꽉 채워

나무들, 사람의 몸, 자전거 바퀴, 소리 혹은 침묵까지
한덩어리로 적셔내는 이 붉은 빛은 또 무어란 말인가.

이천년 숲

숲의 바닥이 환하다
한 무리 공공근로 인부들이 지나간 뒤다

먼저 구청 직원이 나무에 흰 페인트를 찍어나갔다
한 사내, 문득 목 언저리가 뜨끔했다

기계톱은 게으름 부리잖고 연달아 넘어뜨렸다
덤불 속 짐승들 급히 숨고 새들은 날아갔다
내리막에서 허리 구부리고 미끄러지는 이들 손 잡아
주던
줄기 반질반질한 소나무도 쓰러지고 토막났다

그리고 저녁 숲에 비린내가 안개처럼 꽉 찼다
어제의 자리에 남은 밑둥들은 기력을 다해
나무의 기억을 끈적끈적 밀어올렸다
나는 여전히 나무다, 라고 목청껏 외치듯

남은 나무들은 하늘 속으로 성큼 걸어들어갔다

툭 터진 쪽에서 바람이 서늘히 불어왔다 산을 내려가
기 전
한 사내, 잊었던 시 한구절 소리내어 외워본다
바람이 분다 다시 살아야겠다

우리는 꾸준히 살아갈 것이다

슈퍼엔 통조림이 많다 정어리 통조림은 싸다
배움이 짧아 고민하는 법을 배우지 못한 나는
정어리 통조림을 꾸준히 선택한다 누구도 이의를
달진 않지만 때로는 저녁 식탁의 젓갈질이 늘어지는
걸 본다
그렇다 문제는 상상력이다 나는 엄숙히 선언한다
통조림을 믿지 말라, 그 속엔 아직 정체가 안 밝혀진
맹독이 숨어 있어 언제 뛰쳐나와 우리를 꺼꾸러뜨릴
지 몰라
그래 마늘과 고춧가루를 뿌려 펄펄 끓여먹는 거다
일순
섬광이 번쩍 지나가고 짧은 탄식처럼 따듯한 저녁식
사는 끝났다
모두 평온하고 통조림처럼 무사한 저녁이 슈퍼에 많다
삶에 지치지 않은 우리는 꾸준히 살아갈 것이다

임금 인상

여섯 자리 자동차 번호판 중 어떤 건
등 서늘해지도록 몇년째 내 임금과 닮았다 그러나
체념을 모르는 나는 스스로 임금인상을 결행한다
아침 일찍 출발해 산길 십리쯤 걸어 출근하고 건강관
리비 십만원
돌아와 초등학교 오학년 아이 학습 도와주고 자녀교
육비 십만원
구내식당 보일러 손봐주고 점심 제공 받으니 식대 오
만원
누가 일년 단위 계약직 보일러공의 임금을 물어오면
짐짓 그렇게
상기의 금액을 덧붙여보기도 하는 것이다.

입동

무우 속에 도마질 소리 꽉 들어찼다
배추꼬랑이 된장국 안에 달큰해졌다
어둔 부엌에서 어머니, 가마솥 뚜껑 열고 밥 푸신다
김이 어머니 몸 뭉게구름 둘렀다 우리는
올망졸망 둘러 앉아 한대접씩 차례를 기다린다
숟가락 한번 들었다 놓고 젓가락 줄 맞추고
크고 둥그런 상에서 가만히 기다린다
근데 오늘 저녁은 왜 이리 더디다

현관 문 찰칵 열리며 찬바람 휘이익 들어오고
다녀왔습니다 외치며 아이가 따라 들어선다 그때
주방 김 말끔히 걷히자 거기, 아내가 구부정이 서서
등 보이며 압력솥 뚜껑을 열고 있다.

저녁길

치켜 든 외국인 노동자의 손바닥은 묵은 쌀빛, 가락이
길어 슬퍼 보이는 손을 본다 지금 난 그의 말을 쉽게 알
아듣지 못한다 다만 눈치챌 수 있다 진눈깨비 희끗한 이
저녁, 한 사내가 다른 사내에게 온몸으로 묻고 있는 그
것은 환하고 따듯한 방으로 뻗은 길, 아마 그런 것일 게
다 내 진작 찾지 못하여 이슥토록 헤매던 길

사랑하는 이들에게로 뻗은 저녁길엔 지름길이 없다,
라고
멀어져가는 그의 등에 또박또박 쓴다
진눈깨비와 어둠에 녹아 안 보일 때까지

주발

고백하건대 먼저, 비우면
저절로 채워지는 주발 하나 오래 꿈꿨다.

모든 아침을 위해 주발은 비어 있다
그렇게 자신을 타이를 수 있게 되기까지 십년이 걸렸
다.

부시고 헹궈 밤내 엎어놓던 이들의 가슴
한끝에 가닿는 데 또 십년이 필요했다.

나는 백년은 견딘 낡은 주발 하나 책상 위에 두었다
젊은 날 슬픔과 기쁨의 바닥에 희게 가라앉은
바로 그 밥그릇이다 너무 커 이제 용도 폐기된
주발의 서늘한 배를 두 손바닥으로 감싸, 본다
여기 뜨건 밥 채우고 또 후후 불어가며 먹느라 땀 젖
은
마음들 흥건하다.

그러니 다 살았다고?
투박한 손 거기 담그면 살아내야 할 날들
왕소금처럼 버석거린다.

집, 사람, 소리

'열화당 사진문고'『최민식』을 공사장 오가는
버스 속에서 처음 펼쳐보다 그땐 눈 밝아
'부산 부민동 1963'의 빼곡한 집들 가볍게 훑고 지나
쳤다

그곳 사람들 처음 만난 건 십년 뒤 돋보기 쓰고 나서다
서가 먼지 털다 다시 그 집들 들여다보다 움찔했다
거기 많은 이들, 놀고 일하고 공부하고 아프며
하늘 가까운 동네를 살아내는 중이다 나는 확대경까
지 보태
모든 집, 마당, 골목의 사람들을 만났다 그러다 밑에서
위로 두번째 줄, 왼쪽부터 다섯번째 집
어둔 방안에서 햇볕 비치는 이쪽 향해 앉은걸음으로
막 나오려는 이를 보았다 그가 무슨 말 하려는 순간
찰칵
영영 멈춰버렸다고 그게 자꾸 궁금했다.

그때, 가까이서, 약 먹을 물 한 그릇 떠달라는 아이

엄마

　낮은 목소리가 들렸다.

천수만, 석양

끓는 황동바다, 거기 수십백천만 저녁 새들
까맣게 엎드려 발 담그다.

그 새떼 하늘 속으로 자꾸 밀어올리며
통통배, 안간힘 써 나아가는 중이다.

구름 붉은 하늘 한켠 연달아 헐어내며
새들은 통통배 뒤로 폭포처럼 쏟아져내렸다.

지금 저 통통배 일념의 검은 윤곽뿐이다
이 저녁 새떼는 분분한 말없음표다.

세상의 처음, 혹은 마지막처럼 누군가
하늘을 헐어내서라도 악착같이 가야 하는 쪽
샛노란 성냥불빛 서넛 크게 떨며 번지다.

파란 불꽃

겨울 가이즈까 향나무는 솟구치는 파란 불꽃
물 바람 햇볕을 연료로 타는 무공해 불꽃
그 위로 함박눈 쏟아졌다 덮고 덮고 그 위에 또 덮는
대설주의보의 밤, 벌판 가운데 꼼짝없이 눈덩어리 됐
다
파란 불꽃 꺼졌다

천지간에 눈 가득 바람 한점 없는 아침, 동쪽 산 위에
붉은 기운 뻗치니 타닥타닥 가이즈까 향나무 흰 재 떨
군다
부르르 크게 한번 몸 떤다 눈물 구슬방울 반짝반짝 매
달고
파란 불꽃, 외줄기 연기도 없는 매순간 완전 연소
하늘 속 반듯하게 타오른다

행복

집 가족 직업이 있으면 행복할 거라고
초원의 한 소녀, 카메라를 향해 말한다
그 다음 양떼를 찾아야 한다며 끝없이 펼쳐진 풀밭을
맨발로 걸어 들어갔다.

그래, 집과 가족과 직업이 있는 사내의 일요일 아침
창 밖 벚나무 가지에 새가 찾아와 울어주니 잠깐 행복
했다
그러나 소녀여 너는 방금
지평선과 맞닿은 거대한 뗏장구름 쪽으로 갔다
발바닥 콕콕 찌르는 풀들을 하낫 둘, 하낫 둘, 밟고 갔
다
달아난 양떼를 그 속에 감추고 있는
중앙아시아를 걸어갔다.

화염 경배

보일러 새벽 가동중 화염투시구로 연소실을 본다
고맙다 저 불길, 참 오래 날 먹여 살렸다 밥, 돼지고
기, 공납금이
다 저기서 나왔다 녹차의 쓸쓸함도 따라나왔다 내 가
족의
웃음, 눈물이 저 불길 속에 함께 타올랐다.

불길 속에서 마술처럼 음식을 끄집어내는
여자를 경배하듯 나는 불길에게 일찍 붉은 마음을 들
어 바쳤다
불길과 여자는 함께 뜨겁고 서늘하다 나는 나지막이
말을 건넨다 그래, 지금처럼 나와
가족을 지켜다오 때가 되면

육신을 들어 네게 바치겠다.

실핏줄로 짠 필사의 그물

유용주

삶은 이렇게 큰 현실이다.

시집 『아무도 울지 않는 밤은 없다』 교정본을 백여 번 반복해서 읽다. 소금기둥의 여름과 벌거벗은 겨울을 건너 온 남자에게 가을은 너무 가볍다. 낙엽 하나만으로도 먹 고 살 만하구나.

나는 여전히 나무다, 라고 목청껏 외치는 시인이 있다. 성성한 나무에는 벌레가 잘 끼지 않는다. 그늘에서 더 밝 게 트이는 눈, 지친 나무에 무수히 매달려 있는 열매들, 숨 넘어가기 직전 마지막 안간힘으로 뿌려놓은 새끼들, 벌레는 밑동부터 파먹기 시작한다.

저 캄캄한 땅속에서 몇억 광년을 썩고 참고 출렁이면서 고여 있던 나무들의 내장이 어떤 보일러공의 섬세한 용접

86

불빛을 좇아, 그 관 속으로 스며들어 지상에 최초로 나왔을 때 맨 처음 본 것도 눈이 멀 것 같은 강력한 불꽃이었다. 시인은 전신으로 뛰어든다. 거듭 죽어 거듭 태어나지 않으면 안되리라. 소신공양이다. 나를 태워 너희들이 따스해지고, 나를 두드려 너희들이 산다면, 내 기꺼이 죽어주마. 녹아주마. "때가 되면 육신을 들어 네게 바치겠다."

여기 불을 피워 삶을 녹이는 사람이 있다. 삶은 그 자체로 놓아두면 도대체 뻣뻣하고 딱딱해서 쓸모가 없을뿐더러 깎을 수도 다듬을 수도 휠 수도 없으며 볶거나 데치거나 삶거나 구워 먹을 수가 없는 아주 지독한 놈이다. 가만 놔두면 금방 곰팡이가 슬고 쉬어터져서 그냥 내다버릴 수밖에 없는 게 삶이라는 놈이어서, 요놈은 그저 아침저녁으로 뜨거운 맛을 봐야 정신을 차린다. 삶은 두드리면 두드릴수록 강해진다. 질겨진다. 촘촘해진다. 깎으면 깎을수록 빛이 난다. 쪼으면 쪼을수록 엄정해진다. 닦으면 닦을수록 광채가 난다.

불을 피우는 사람이다. 가장의 책임에 대하여 끊임없이 돌아보고 자기암시를 거듭하는 것이다. 거의 알레르기를 가지고 있는 듯 보인다. 하긴 아내나 자식들에게 기대어 피 빨아먹는 시인이 있다면, 그가 아무리 훌륭한 작품을 쓴다고 해도 허공에다 집 짓는 격이나 다름 없을 것이다. 삶은 문학보다 투철해야 하고 엄격해야 하기 때문이다.

거듭 강조하지만 좋은 삶에서 좋은 문학이 나온다. 투철하고 엄격한 삶은 자연에게서 배운 듯하다.

군불을 피운다. 태우면 고분고분해진다. 성깔있는 거친 것들도 얌전해진다. 분노를 은근하게 굽는다. 불을 안으로 삼키는 구들장을 보라. 너희들의 편안한 잠자리를 위하여, 피둥피둥 살이 오른 너희들을 마약같이 부드럽게 죽이기 위하여, 불은 불 같은 생명을 무수하게 죽인다. 구족을 멸하거라. 하늘은 연기를 삼키고 굴뚝은 구들을 삼키고 구들은 불을 삼켜 독을 만든다. 극약 처방이다. 따뜻하다고 방심하지 말라.

언제였더라? 기억이 아슴아슴하다. 대전에 사는 친구가 달필로 휘저은 A4용지 한 장 분량 편지와 빨간 표지가 유난히 촌스럽던 시집을 부쳐온 것은. 그 편지 속에는 아파트 보일러실에서 일을 하는 한 평범한 사람이 잘 알려지지 않은 지방 출판사에서 시집을 냈으며 작품이 깜짝 놀랄 만하게 좋다고 한번 읽어보라는 꽤나 들뜬 마음이 담겨 있었다.

우리나라는 여러 수난을 겪어왔으면서도 겪은 만큼 축복 또한 많이 받아서 가는 곳마다 시인이 넘쳐나고 도처에 시집이 쌓여 있어, 버려진 시집 위로 파리떼들이 똥을 싸고 알을 슬어 썩은 침출수가 새로운 첨단공법으로도 정화하기 어려운 지경에 이른 그 즈음, 나는 시를 읽는 고통스러움에 넌덜머리가 나 있었다. 하물며 이름도 처음 들는, 지방에 사는 그렇고 그런 시인으로 미리 짐작하여 어디 방구석으로 던져버리지 않았나 모르겠다. 좁은 땅에서, 그것도 문단이라고, 작품보다는 뿌리깊은 도제의식과 파벌로 갈라져, 학연과 지연과 혈연과 술상 언더에서 맺은 끈끈한 인연으로 이리 쏠리고 저리 휩쓸리는 것을 경험한 눈으로는 만사가 귀찮기도 했고, 우선 그 한귀퉁이에 들지 못해 안달하는 내 자신이 싫어서 기회 있을 때마다 글쓰는 일을 집어치우고 가능한 한 몸으로 부딪쳐 먹고 살기를 바랐던 시절이었다. 막노동과 우유배달을 거쳐 술집을 하려다 실패했고 농사를 지으려고 마음먹었으나 그마저 여의치 않아 지친 마음으로 술을 벗삼아 취생몽사의 시간을 보내고 있을 때였다. 주야장천 술자리 끝에 해장국 집도 문을 열지 않은 새벽에, 목은 타고 속은 쓰리고 이마는 불가마로 찌끈거릴 때 거듭 비운 찬물 주전자 옆에 며칠 전 던져버린 시집을 무심코 뒤적거렸나보다.

이면우 시인의 시를 읽어보면 한 가장이 가족들의 생계를 책임진 이상 그 가족을 위해 몸으로 체험할 수 있는 모든 상황이 다 나온다. 남의 힘을 빌리지 않고 소박하게 자신의 몸뚱이를 바쳐 소신공양해온 가장의 절절한 삶이, 복부비만의 삶을 살아가고 있는 이천년대의 약하디약한 남자들을 등 서늘히 반성케 한다. 엄정한 삶에서 엄정한 작품이 나온다. 이면우의 이번 시집은 몸으로 사는 사내의 약진으로 가득하다. 몸으로 시를 쓰는 사내의 들큰한

89

땀 냄새로 가득하다. 본능에 가깝게 냉철한 삶에서 우러나온 작품들이 수두룩하다. 진정으로 용기있는 사람만이 뒤돌아볼 수 있다.

삼백 예순 다섯날을 통틀어 강수량이 50밀리도 안되는 사막에서 오래 견뎌온 동물들은 어떻게 해서든지 살아남으려고, 주위 환경에 적응하기 위해 무언가 나름대로 독하나쯤은 몸 안에 숨겨두기 마련인데, 이면우 시인의 새 시집을 수십번 반복해서 읽어보아도 이똥 냄새나는 침 한 방울 찾을 수가 없었다. 왜 그럴까? 어디를 뒤적여봐도 깔끔하고 풍성하고 고맙고 감사하다. 그 흔한 모래폭풍도 없고 가시로 무장한 덤불도 없고 전갈이나 도마뱀이나 신기루도 보이지 않는다. 풍성하다. 왜 그럴까?

술 담배를 전혀 하지 않는 아담한 체구에 음식을 먹을 때 무조건 곱빼기를 시키는 이면우 시인은 개성이 퍽 강한 사람인데, 지금은 널리 사용되고 있는 김치냉장고의 원조 격인 쉬지 않는 김장독을 비롯하여 여러가지 특허를 가지고 있는 것은 잘 알려져 있으므로 새삼 다시 이야기할 거리도 못되고, 가족의 안위를 위하여 자신이 잘못되면 안되니까 대중교통 수단 중에서도 그중 덩치 큰 것을 이용하고 아예 자전거를 타든지 걸어다니는 편을 택하는 성격 이외에도, 외부에 무슨 행사가 있어 바깥 나들이라도 할라치면 꼭 칫솔을 챙겨들고 그곳이 어떤 곳이라도 무엇을 먹으면 기어코 이를 닦아야만 직성이 풀리는 사람이면서, 절대로 오입을 하지 않으며, 잘 꺼내지 않는 지갑 속에 지폐 대신 부인이 정성스레 적어준 참을 인(忍)자 석 자를 가슴 깊이 넣고 다닌다. 최근에 휴대폰을 구입한 일 외엔, 그의 가벼운 지갑 속에는 수표도 없고, 흔한 카드도 없고 고액지폐도 별로 안 보이고 참을 인자를 세 번 적은 하얀 종이가 들어 있을 뿐이다. 그러니까, 무슨 일이 있어 지갑을 열면 돈보다도 먼저 참을 인자가 보인다. 돈을 참는 것이다. 여자를 참는 것이다. 술을 참는 것이다. 십년이면 강산이 변한다는데 십년이 넘게 술 담배를 끊고 그는 무엇을 했을까? 작은 집을 샀고, 아이를 키워왔으며 약간의 저축과 적선, 무엇보다도 시를 썼다. "낡아가며 새로워"졌다. 그게 무어든 이면우 앞에 가면 기어이 긍정의 큰 우물로 바뀌고 만다. "무릎 아프다는 말, 일터에서 입 밖에 내지 않고 견뎠다" 할 정도로 그는 독한 사람이다. 사실 '참을 인'자 이 세 글자가 이면우 시인의 모든 삶을 대신한다. 그의 삶이 그랬다. 옛날 우리 어머니께서도 늘 그러셨다. 참을 인(忍) 자 세번이면 살인도 면한다고 말이다. 무엇이 그를 그렇게 만들었나? 두말할 것 없이 가족이다. 한국전쟁이 일어나던 해에 태어나 60년대 보릿고개를 넘어 70년대의 산업화와 80년대의 군사독재를 거쳐 90년대의 가짜 고도성장을 고스란히 몸으로 감내하면서 학력 별무의 인생으로 그가 참아냈던 것은 무엇일까? 참을 수 없는 세월을 보내면서 참을 수밖에 없는 그의 내

면은 얼마나 끓어올랐을까? 왜 그는 화를 낼 줄 모르나? 왜 분노를 밖으로 표출할 줄을 모르나? 작은 것에서부터 시작해서 그는 그냥 도처에 감사하고 고마울 따름이다. 왜 그럴까? 삶의 대긍정에 이르기까지 그가 겪어내었을 신산고초의 인생을 어렵지 않게 짐작하고도 남겠는데, 도무지 욕 한마디 할 줄을 모른다. 무엇 때문에 칼날이 심장을 찌르는 듯한 고통을 세번 참아야 하는 것이며, 수염이 마디마디 끊어지는 고통을 세번 이상 참아야 하는지 돌아보지 않을 수 없다. 시시때때로 나이를 자각한다는 것은 철저하게 살아보지 못한 사람은 깨닫기 어려울 것이다. 흐트러진 삶에서는 엄정한 문장이 나오지 않는다.

진지하다 못해 비장하기까지 하다. 쫀쫀하다고 비난하지 말라. 누군 우쭐대고 싶은 마음 없어 한턱 쓰지 못하는 것은 아니다. 그게 무어든 한움큼이라도 쥐고 들어가지 못하면 아내와 자식이 굶어죽는 처절한 생활을 해보지 못한 사람은 모른다. 3000원짜리 점심값이 부담되어 일터에서 제법 떨어진 대전시청 구내식당까지 가서 1800원짜리 밥을 먹고 오는 쉰 넘은 가장의 마음을 요즈음 사람들은 쉽게 이해하지 못할 것이다. 그것도 점심을 일부러 늦게 먹는다. 일찍 먹으면 저녁 퇴근할 때 버스 속에서부터 배가 고파오기 때문이다. 이게 2001년 연봉 1380만원짜리 계약직 보일러공의 현실이다.

한푼이라도 아끼려고 내 방으로 통하는 보일러관을 막았다. 전화도 끊고 신문도 끊고 편지는 받기만 하고 답장은 피하고 우유도 끊고 일년에 한번씩 올리던 세배도 걸렀더니 북향인 내 방은 봄이 와도 냉골이다. 다 틀어막아도 마지막 끈인 가족은 버릴 수 없어 아내와 아이가 자는 안방은 열어둘 수밖에. 텅텅 툭툭 자그락자그락 둥근 관 속에서 다툼이 한창이다. 고여 있던 찬물 밀어내고 따뜻한 물 들어오니 밥상 위의 전등도 새벽까지 환하다. 밤참을 먹으려고 부엌문을 열자 문 밖이 세상 밖이다. 거실은 누가 덥히나. 저 문을 나서면 복도가 있고 마당이 있고 누군가 새벽거리를 쓸고 나르고 봄을 퍼올리고 씨 뿌리고 거름을 낼 것인데, 문 열고 손을 잡고 온기를 나누고 있을 텐데. 환하게 불 밝히고 첫 손님을 기다리고 있을 텐데. 나를 아낀다는 게 나를 버리는 일이었구나. 내 가족을 돌본다는 일이 더 많은 이웃을 떠나보냈구나. 열지 않으면 돌지 않고 돌지 않으면 고여 죽는다. 다함께 죽는다. "누구라도 자기 안에 생의 북쪽을 지니고 간다."

마흔, 귀신도 무섭지 않은 나이가 된 것이다. 그렇게 많이 포기하고 버려도 아무렇지 않은 나이다. 피도 삭고 뼈도 삭고 정신도 삭아 자꾸 무너지는 나이다. 혼자 있어도 아무렇지 않은 나이다. 이 문장을 쓰는 데 꼬박 사십년이 넘게 걸렸다.

내 나이 마흔이 넘어서도 술 담배를 끊지 못한다. 풍경이 운다. 바람이 불자 흔들리면서 운다. 깨어 있으라고, 자면서도 깨어 있으라고 흔드는 게 아니라, 마음속 바람이 일렁이기 시작하면, 엉뚱한 곳에서 바람이 꿈틀대면 각성하라고, 바람 따라 이리저리 몰려다니지 말라고 불혹의 풍경이 운다.

세상 끝에서 세상 끝으로 기러기 날아간다. 춤꾼이 발가락 상처를 두려워하랴. 상처가 춤을 멈추게 할 수는 없다. 포기할 수 없다. 그것은 겁쟁이들이나 하는 짓이다. 손 공구 들고 악착같이 날아가야 할 저 아파트숲 어디쯤 아내와 아이가 기다리고 있겠다.

덤으로 사는 게 아닌가. 그때 그 자리에서 숨을 놓아버렸다면 누가 내 시신을 처리하고 울어줄 것인가. 거듭 태어난 것 아닌가. 봉사하라고, 죄 지은 거, 이 세상에 태어나서 아까운 시간 낭비한 죄, 갚고 가라고 우선 가족에게 최선을 다해 책임을 다하라고 살려둔 게 아닌가. 주위 사람들에게는 원래 내 것이 아니었던, 현재 내 것으로 등록된 모든 것을 다 퍼줄 것. 다시 사는 삶 아닌가. 복 받은 일은 또 글쓰는 재주도 주시지 않았는가. 시까지 주시다니, 평생을 갚아도 갚지 못할 이런 엄청난 선물을 주시다니. "머나먼 저곳 스와니강을 부르며/꿈결처럼 다가오는 저 아이들……"

여전히 냉골이고 동침이다. 나 아무리 뜨거운 남자라 해도 오직 체온으로만 덥힐 수 있는 구들장이 너무 넓다. 꼬질꼬질 땟국 정다운 이불 펴고 누우니 미적지근해진다. 그대 아직도 추운가? 견딜 만한가? 올 겨울에는 중국산 무쇠난로라도 들여놓고 나무하러 다녀야겠다.

닭이 울었다. 닭이 울었다는 사실은 귀신이 물러갔다는 신호이다. 그러나 나는 붙잡고 안달한다. 시의 귀신이여, 내게 더 오래 머물다 가거라. 늦잠을 자도 깨우지 않으마. 부디 이 집에서 오래 머물다 가거라. 닭은 단칼에 때려잡으마. 새벽은 단칼에 무릎꿇게 할 테니, 항복문서 받아올 테니, 제발 나가지 말아라. 박용래 시집을 겉표지 너덜거릴 때까지 끼고 일하러 다닌 시인에게는 일찌감치 수건을 던졌다. 인정하마, 내 잘못 살았다는 것을.

삶은 저렇게 큰 문학이다.

시인의 말

　이담에 뭐가 되고 싶냐는 물음에 우물쭈물하던 기억 까마득하고 이젠 아이들 몸짓에 저절로 즐거워지는 나이가 되어버렸다. 고맙다.

　입때껏 못 지킨 약속이 어디 헤아려지기나 하랴만 술 좋아하시던, 가족을 위해 한껏 자제하시던 젊은날의 아버지 무릎 위에서 했던, 방 안에 수도꼭지를 달고 그걸 열면 술이 콸콸 쏟아져나오게 하겠다던 바로 그 약속 하나는 가끔 푸른 하늘 속 외로운 깃대처럼 흔들린다. 그 하늘 깊어지면 길 가다가 고개 젖혀 거기 까마득한 기러기 행렬을 보겠다. 귀 한껏 열고 희미한 울음소리도 듣겠다.

　일찍 자연학교 학생이 되었다. 생각하기보다 느끼기에 더 적당한 짐승으로서 고백하지만 나는 몸을 살았으므로 행복했다. 숲을 걷는 동안 자주 부추겨지는 그 느낌은 도시 한가운데, 사람들 속에서도 여전히 유효하다. 고맙다.

2001년 9월
이면우